Para Maxime y Vincent

Cleyet-Merle, Laurence
    Agustín vuela muy alto / Laurence Cleyet-Merle ; traductor
Hernando Echeverry ; ilustraciones Laurence Cleyet-Merle. — Bogotá:
Panamericana Editorial, 2008.
    36 p. : il. ; 30 cm.
    ISBN 978-958-30-2865-6
    1. Cuentos infantiles franceses 2. Animales - Cuentos infantiles
I. Echeverry, Hernando, tr. II. Tít.
I843.91 cd 21 ed.
A1150865

    CEP-Banco de la República-Biblioteca Luis Ángel Arango

Primera edición en Panamericana Editorial Ltda., marzo de 2008

© 2008 Panamericana Editorial Ltda. de la traducción al español.
Dirección editorial: Conrado Zuluaga
Edición en español: Diana López de Mesa Oses
Traducción del francés: Hernando Echeverry

Calle 12 No. 34-20
Tels.: 3603077 – 2770100
Fax: (57 1) 2373805
panaedit@panamericana.com.co
www.panamericanaeditorial.com
Bogotá D.C., Colombia

ISBN: 978-958-30-2865-6

© 2005, Les Editions du Ricochet
Título original: *Odilon à tire-d'aile*
Autor: Laurence Cleyet-Merle

Impreso por Panamericana Formas e Impresos S.A.
Calle 65 No. 95-28. Tels.: 4302110 – 4300355. Fax: (57 1) 2763008
Bogotá D.C., Colombia
Quien sólo actúa como impresor.

Impreso en Colombia   Printed in Colombia

Agustín vuela muy alto
Laurence Cleyet-Merle

PANAMERICANA
EDITORIAL

Agustín es un pequeño ratón de campo,
un ratón campestre exactamente.
Desde hace ya mucho tiempo, sueña que es un gran aviador
y fabrica todo tipo de artilugios;
motores de vapor… de explosión… de reacción…
máquinas llenas de tuercas y tornillos.

–*¡Un día, es seguro, por fin me elevaré!*

6

Agustín hubiera querido ser un pájaro.

Se siente totalmente incomprendido.
Incluso Santiago, su gran amigo,
lo mira, algo divertido,
cuando intenta despegar en su último invento…
y termina, ¡¡¡**cataplum**!!!, por mil y una vez más

en el cultivo de calabazas…

8

Agustín regresa a su casa desilusionado.
Acurrucado en su lecho se duerme,
    sueña con elevarse por los aires, *transportado* por el viento,
    volando ligero como una pluma hasta alcanzar
        la estratosfera.

Descubre el mundo, sobrevuela el desierto de Nubia, roza los glaciares árticos

y se deleita con algunos frutos recogidos en Papúa.

10

Hoy, Agustín no fue a jugar.
Su trompa está inmersa en un fantástico libro de aventuras...
cuando... no lejos de allí,
sólo a cien pasos de ratón,
venidos de no se sabe dónde...
...una bandada de graciosas aves,
de aspecto **Original** *y* **para nada bana***l*,
¡aterrizan con un **gran** *estrépito de alas!*

12

–¡Holaaa!

Agustín sorprendido salta hacia atrás
y rueda hasta quedar patas arriba.

*–¡Yo soy **Marianita!***

Los ojos de Agustín están
abiertos de par en par,
de su boca no sale ni un solo sonido.

*–Llegamos de **África**,*
de Guinea-Bissau, volamos
por días y días…
¡Este es un lindo lugar
para pasar el verano!

Marianita bosteza, estira sus largas patas,
está cansada, agotada.
Y sin mostrar ninguna decencia,
se duerme en las narices de Agustín
que está anonadado,
sorprendido,
totalmente pasmado…

A la mañana siguiente, al amanecer,
¡Agustín trae en un gran canasto
la mejor de sus comidas!

Marianita duerme todavía…
Sobre el mantel a cuadros,
él instala el desayuno.

Los deliciosos olores cosquillean y acarician el pico de Marianita… quien abre un ojo… y luego el otro.

16

–¡Cuéntame de África, Marianita! ¡Por favor!

–¡Es un continente lleno de olores embriagadores y colores tornasolados!
Paseé por el desierto
de duna en duna hasta los oasis, con Macario el dromedario.
El corazón de la sabana latía al ritmo del tam-tam de Emilio el cocodrilo.
Y cuando llegó la negra noche, me dormí por fin, en la cima de un baobab,
en los brazos de Luis, mi amigo el lemúrido.

18

Agustín y Marianita ya no se separan.
Él está feliz de tener tan exótica amiga.
En su compañía, siente que vive en otros trópicos.

Agustín le presenta a Santiago, Martín, Felipe, Raúl y Gabriela…
y durante todo el verano, no hay más que juegos de escondidas
por los campos de trigo; grandes rondas de canto,
competencias de natación,

¡y largas siestas a la sombra de los árboles!

22

¿Pero qué se ve allá en el cielo?
¡Es Agustín, el ratoncito de campo que vuela!

–¡Yiiijaaaa, Marianita, es fantástico!

Agustín fuertemente agarrado,
retiene la respiración y abre lo más que puede sus ojos.
Combinan vueltas y acrobacias,
atraviesan las nubes,
adelantan los aviones de reacción…

¡y se posan a descansar en las cimas nevadas
de altas montañas!

Los días pasan. Y cada noche, antes de dormir,
Agustín y Marianita trepan sobre un viejo árbol
para admirar las estrellas fugaces.
Como un cuentero africano, Marianita cuenta mil y una historias…
y Agustín las imagina… un nido al borde del Nilo,
un bosque de baobabs…
…los tam-tam de la sabana…
…el rugir de los leones…
Es casi como si él estuviera allí.

24

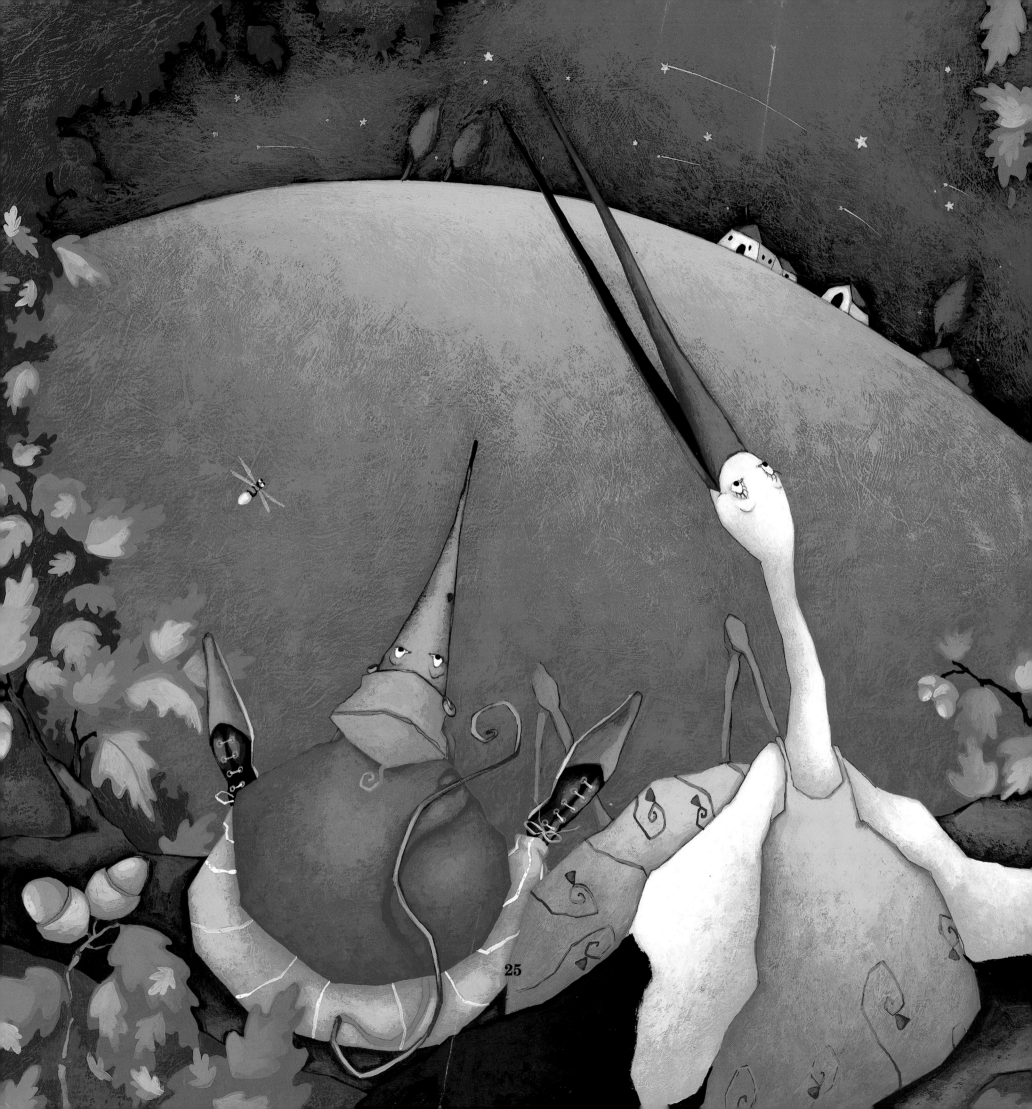

Una mañana Agustín busca a Marianita para recoger las primeras nueces.
¡Pero Marianita y sus compañeros ya hicieron maletas!

–No estés triste mi Agustín,
el otoño ha llegado,
las primeras hojas ya cayeron.
¡Regresamos a África!
Somos aves migratorias
y debemos irnos
en el momento justo.

Agustín se sienta sobre un gran hongo,
y grandes lágrimas ruedan a su pantalón.

–¡Llévame contigo Marianita!
¡Yo también quiero ser un ratoncito migratorio!
Quiero atravesar el Mediterráneo, descubrir
África, conocer a tus amigos…

28

¡Agustín tomó vuelo con unos pocos granos de trigo
que sembrará en nuevas tierras!

Santiago y sus otros amigos vienen,
llenos de admiración,
a desearle:

¡Buen viaje y un feliz reencuentro para el próximo verano!